アリス・アマテラス

螺旋と変奏

天沢退二郎

思潮社

天沢退二郎詩集

装画＝黒田アキ
装幀＝思潮社装幀室

アリス・アマテラス　螺旋と変奏

I

無知是仏

夜に夜を継ぎ
闇に闇を継いで
有人宇宙船は飛びつづけた
広大なＵ字溝の中を
溝の底に深々とつもった落葉は
つもってはつもり
つもっては腐り腐っては流れ
また　Ｕ字溝はときに暗渠となる

（ときにとは　皮肉な言いまわしだ
なぜならこれはただの側溝にあらず
時間というもののなれの果て
その数多い別名のひとつだったから）
必ずしも一直線でなく起伏もあるＵ字溝
暗渠そしてまたＵ字型側溝の、幅員も
さらにまた広がったり減じたりするひとすじみちを
宇宙船は秒速一千㎞で飛行する
こんなことは無人でも有人でも至難のわざだった
少くともこの当時の科学技術では——
コースだけならとうにナビシステムは完備しているが
何しろＵ字溝の中には奇怪な生物や、
妄想の幻怪、未確認飛行物体などが
巨大なものから
小さいくせに強力なＧをもったブラックホールまで

まるでゴマンとひしめき跳梁してるのだから
(その有人宇宙船はいったいぜんたい
何のために、どこをめざして飛んでるのか?
何とおろかな質問だ!
何たってこうして飛ぶしかないじゃないか
この有人宇宙船はもともと
地球という名の惑星だった
これだけが、あの星の唯一のなれの果てさ)

夜に夜を継ぎ
闇に闇を継いで
有人宇宙船は飛びつづける
かつてはあんなに広く深く
そして長いと思われた時空が
今は見るかげもないこの溝一本だけとはね

昔は「時間」の他に「空間」があった
今はこの側溝があるだけだ
それが暗渠になってつづくとみると
宇宙船はしばし回転体に変化して
周囲に強力なバリアを張り
いかなる飛行物体とも衝突せずに飛ぶ
この全方位的遠心力がかつての重力の代用となり
船内の約1億の乗民たちは
昔ながらの日常が保証されている
その保証のおかげで、愚かなことに
かれらは今も「国」をつくり
お互に仲良くしたり戦争したりしてるのだ
恋をしたり詐欺をしたり
将棋をさしたり詩を書いたり釣をしたり
殺し合ったり病気になったり

大学や研究所にはU字溝の研究してるのもいる
U字溝の中に跳梁する生物たちを
主人公にした埒《らち》もないSFもたくさん書かれているし
「われわれはどこへ行くか?」というテーマで
国際シンポジウムもさかんである
こうしてこの有人宇宙船は今もとんでいるよ
何のためか　どこへ行くのか
われわれはどうなるのか
全く知らぬまま
そしてこのU字溝という名の時間が
意外に寿命がみじかくて
まもなく一気にせまくなり　すりきれて
ぼろぼろに剝《は》げてしまうとまでは、

知らぬがホトケ。

〈帆船〉ショーのためのオード

有為転変の毎日で
あのころはみんな叫んでた
象さんは幽霊だ　いや
象さんは百合が好き
象さんは百合の花
象さんのハナは赤いのよ
いやいや象さんはハナが長い
憂いは深し　されど無為は無理

無理は通っても針の穴には
糸は通ってもラーメンは通らない
ラーメン横丁に新幹線が通るなら
あらゆる側溝に帆船を通せ
あらゆる船渠《ドック》に帆船を孕ませ
帆船ショーの幟を立てて
その下に防影鳥をひざまずかせよ!

……シュプレヒコールは今はやらない
シュプレヒコールはとっくに禁止された
物語も今ははやらない
物語は既に禁止された
演歌も宴会でのフォークも
ダガーナイフもなおもて禁止された
いわんや象さん語録もハンニバルも

あらゆる文庫リストから削除された
増刷ならよい、重版もよい
しかしゾーハンはダメだ
ブログはだめだがプラグをや
書き落としは奨励されるが
書き込みや切り込みは重罪として
流刑者用衛星ステーションゆきの
シャトル直行便に乗せられる

思えばあのころはまだよかったな
いろんなことが禁止された
禁止はひとを緊張させ
禁止のストレスは脳髄を健全にする
しかし今はもう何ひとつ禁止されない
なぜなら禁止されることはすべて禁止されて

それらの禁止は胎児の脳髄にプリントされ
そのプリントのない胎児は出生の出口から
ピンセットどころかヤットコでつまみ出されて
闇の中の闇の中へ力まかせに投棄される
ああ金糸銀糸で縁取られた
禁止決定通知書のなつかしさ！

今はもう「禁止」の二字は辞書から消え
子どもたちは「禁止」という語を教《おそ》わらずに育つ
もし何世紀も前の「キンシクンショウ」が
倉庫の奥から出てきたと
よろこんでオークションに出したりしたら
すぐにチクられて品物ごと公安に拉致され
裁判にさえかけられずに処刑される
それがいま、２Ｑ８４年の現実……

いや、こんなことを言うと
ムラカミ……でなくアトミヤハルキに告訴される！
（いくらなんでもオーウェルや
菊田一夫の版権はもうあるまいて）
化石燃料はとっくに枯渇して
原子力はすべてお上《かみ》のものときまったし
〈帆船号〉という当てつけがましい名の帆船が
公安の自動チェックをあやうく免れて船出するところだ

サムサの神話

サムサの夏はなぜおろおろあるくか？

サムサは次々に小さな皿に乗っておしよせる
一枚一枚の皿の下には青い蛙がとりつき
蛙の脳髄がそれぞれにサムサを司っていると
だからその蛙どもこそ悪の根源だという説や、
否、皿の上のサムサこそ蛙の主人であって
蛙などは意志のない奴婢、運び屋にすぎぬ、
否、否、主体は一枚一枚の皿であり、
皿を形成する物質の素粒子同士の反応が

たえず上のサムサを産んではそれで蛙を養うのだ、
否、否、否、さても愚かなデマゴギーの数々よ！
皿に乗っているサムサとはブルードキンなる生物で、
これらの皿を運ぶ無色透明の流体力学の、
ブルードキンはいわば精霊に他ならぬ、等々。

さてこの微小無数の蛙たちの中の1個体が
偶々、小さな光を発するということが起こった。
いかに微小な発光といえども光の速度は絶大だ
それは微妙に屈折しながら蛙どもの脳髄をつらぬき
流体に沿って突走り、力学のベクトルを攪乱した
無数の皿に乗った無数のサムサは
光速の風を受けて帆となり、
帆は、風を孕んでは
無数のプランクトンを受胎して激しく泡立った

こうしてサムサは半ば凝固して寒天質《アガア》となり
寒天《アガア》にはプランクトン由来の細菌がみるみる繁殖して
膨張し、許容度を一気に拡張し、はじけて
無数の星となり、星雲となり銀河となる過程は
もはや誰の目にも確かであると思われた……
……しかしこのとき、主神オーディン第11《11》世は
一瞬の躊躇におそわれた
一瞬？　さよう、一秒の一億分の一という
修羅の十億年にも至当するみじかい瞬間
それは躊躇というよりむしろ逡巡であり
そのことにオーディンは無限の自責に駆られた
次の一瞬に決断し
かのミッドガルド蛇《サーペント》を召喚した
蛇ははるかな一つの超空洞の奈落から出動して
次なる一瞬、オーディンの一語に反応し

問題の寒天質を浮かべた流れを
ズルズルズルズルズルズルズルズルズルッと
わずか一億秒の間に呑み込み、
ゴロゴロゴロゴロゴロゴロゴロゴロ…と
一秒の一億分の一というみじかい時間に
完全に消化し、無化してしまったという
ズルズル……とゴロゴロ……と、この二種類の騒音は
いまなお、主神オーディン第12^{12}世の耳に記憶されている。

（されば銀河系のある惑星の一詩人が
サムサノナツハオロオロアルキ
と書くほかなかったことは
全く無理もないと言うべきだ）

ワッフリア

生神《ナマ》様が現われた
最初のうちは、村道の曲り角に
現われるとも現われないとも
さだかならぬ形でボーッと立っている
高さは2メートルくらい
それがちょうど、子どもたちの学校へ行く時間で
出たといってもそんなふうだから
子どもたちも何となく見上げては

あまり気にしないで傍を通りぬけて
先生にも誰にも、何も言わなかったし
大人たちが通りへ出てくる頃には
もう姿が消えていた。
ところが、日が経つうちに
だんだん形がはっきりしてきて
背丈もすこしずつ伸びてくる
あれって、何？
子どもたちも、ちょっと立ち止まって
しげしげと見上げたり
大人たちも何となく気にするようになった
そして誰ともなくあれは「生《ナマ》神様」
というのだと、噂というほどではないが
風のようにささやきが流れ
とにかく「生神様」というだけあって

トーテムというにはやけに生《ナマ》々しい
目も顔も、動かすでもなく、ボオッとして
立ってるだけのようでもあり、何となく
もぞもぞしているようでもある。

——あれが生神様だってが？
——生神様っちゃ聞いたことねえな
イキ神様と同じだか？
——いや、イキ神様ってのは、人間であってな、
それがまんつ神様みてえに
やさしくてかしこくて、ほんとうに
人のためになることをば
損得ぬきで親身になって
やって下さる、そんな人間のことをいうだからな
——じゃ、あれは人間でない？

とにかぐ、人間でなけりゃ、化物だな
――だいたい、あれは生き物だか？
――生き物らしどごもあるな
しかし「生《ナマ》」が付くてえと
生菓子とか、生揚げとか
――生ゴミ、生水、生肉……どれも生きものではないぞ
――ナマハゲってのは？
――あれだって人間がお面被《かぶ》ってるだけさ
――しかし、見てみろよ、あの目付き、からだの
ゆすり方、どう見ても生ぎもんだ！

しかしこんなふうにひそひそと
噂してるうちはよかった
これまた誰いうともなく
「生神様は、子どもを取って食うだぞ！」

という一言とともに
村全体に冷気が走った！

「この二日で子どもが五人、いなぐなた」
「今朝家《え》を出たのに、学校さ着がない子が四人いたと」
「これはあの生神様のしわざにちげえねえ！」
おかみさんたちが、さわぎ出し、
野良から屈強の男たちがよび戻されて
鍬やスコップや、畑の武器をかついで広場の
火の見やぐらのまわりにあつまった。
このときはもう、すべての曲り角に生神様が立って
不気味に、2メートル以上の体をゆすっている
「駐在さん、何とかして呉れろ！」
駐在所にも村人がおしかけてわいわい
言ってるが、巡査はさっきから電話口で

しきりに本署へ連絡するが埒《らち》があかない模様。

そのうちに生神様たちが動き出したよ
あっちの角からこっちの角へ
そっちの角から向こうの角へ
生神様が走り出した
それもすごいいきおいで
村人たちを蹴とばしはねとばし
あっちからこっちへ
そっちからどっちへ
ドタドタドタドタドタドタドタドタ
どれも100kgいや300kgはあろう巨体が
村中をたてになないめに斜交《はすかい》にかけぬける
村人たちはみんな軒下に逃げこみ、
蹴とばされたり転んだりする人々を引き入れながら

見ているうちに生神様の数はどんどん殖えて
どれも雲つくばかりの巨体が、
そのくせ互にぶつかることもなく
すごい速度でゆききするからたまったものでない
村の通りという通り、あらゆる横丁も路地も
牛神様の奔流に埋め尽され
人間たちはまるで蟻よりも小さくなって
家々の中へ中へと退き引っこみうずくまった。
もしこのとき村の中心部を
上空から俯瞰したならば
一枚の鉄板の上で煮えたぎる
迷宮化したワッフルのように見えたかもしれない。

やがて、沸騰するワッフルの中から
蚊の鳴くような頼りない声があがりはじめた

それは、よく耳を近づけてきくと
「……子どもはいないか……おなかがすいた……」と
泣いているらしく思われた。
そしてじっさい、意外と細い、青白い、長い腕が
窓という窓から、家々の中へすべるように入りこんで
どうやらしきりに子どもをさがしている
村人たちはけんめいに、わが子を抱きしめ、
自分たちの身体の下や間にかくそうとしたが
生神様たちの細っこい腕はどんなところへも
容赦なく入りこんでは、子どもを見つけて
引っぱり出し、引っぱり出すと、その場で
もりもりもぐもぐと、口に入れては嚙み、
嚙みしだき、のみこんでいく
村人たちがどんなに泣き叫び、抗おうとしても
まったく無駄、相手にもならないのだ

子どもは次々に引き出され、食われて行った……

ところがそのうちに誰もが気づいたことは
ひもじさに耐えかねてか次々に子どもを生食するうちに
生神様どもはいつか次第に、食い肥るどころか
逆にだんだん背がちぢみ身体はやせて
小さくなりだしたのだ！
さっきまでかれらの巨体が窓を蔽っていたのが
いつか上方に空が見え出し、
かれらの身体と身体の間も
すかすかに……いや、人数は減るとも見えないのに
みるみる威勢がなくなっていくではないか
しかし家の中の村人たちも、大事な子どもたちが
みるみる取られ、食われて行くのにつれて
さすがに気力も衰え、へなへなとくずおれては

生神様どもの衰えに乗じるどころではない
着物ごと青白くうつけて行けば
家々の造作もそれにつれて力を失い
自分から崩壊していく一方だ
外の通りや路地を埋め尽していた生神様どもは
みな、まるで皮袋だけ、あるいは
各々の境目もさだかでない半死半生の、
こんにゃくか寒天のごとき、
かすかに息だけはしているもののけじみて、
横丁や路地をうごめき流れるばかり
これを上方から見下したならば
村自体が一枚のワッフルに見えたであろう
いやいや冗談ではない
はるかに上空からの俯瞰写真でみると
この一帯はもう無数のワッフルを敷きつめたとしか

言いようもありはしなくなっていた

まさしくその空中カラー写真を長方形に
切り取ったとおぼしい板《ボード》を掲げた店が
みなさんの住む近郊にも出来はじめているよ
看板にいわく――
《いま評判の生《ナマ》神焼専門店チェーン
　ワッフリアへようこそ》

影ふみ歌 1st version

＊作中の「文」の字の読みは、ルビ〈仮名〉で指定のあるものの他は、読者の自由におまかせする。

1

文野文三
踏んだら勝ちよ
おまえの影のその影を
文野文三　その影を
踏んだり蹴っての
あげくのはてに
文の影は　のびてゆけ

2

影は文《フミ》　文《ブン》の文《アヤ》
影を踏んだらそれは文《ブン》
でも文が読めても影は読めぬ
文なる影の　のびた先が
夢よりさきまでのびたとて
文はいよいよ読み難《がた》い

3

文野文子
跳べたら勝ちよ
おまえの影のそのさきへ
影はブンブンさわぐとも
おそれるな　気に病むな
立ち上るぞとおどされても
相手はどうせおまえの文が
なければ影でさえありはせぬ

おまえの文よ　うなりをあげて
文《ふみ》の文《あや》を断ちませい！

4

文野文三、文野文子
おまえたち　どちらが兄でどちらが姉か
文《ぶん》と文《ふみ》、音と訓
どちらかが男どちらかが女
しかし二人は互に別世界
親もDNAも言葉もちがう
影ふみ歌は影ふみ遊び
踏むのはどちらも必ず鬼だ
鬼に踏まれりゃ鬼になり
踏めば文《ふみ》か　踏まれりゃ文《ぶん》か
（さてもあやにくな　あやによし）

洗面器には気をつけて

週刊フライデーのために

洗面器で顔なんか洗ってはいけないよ
とくに洗面所の洗面台の洗面器ではね
洗面器の中では
前面鬼や悪面神どもが
入りまじり入り乱れて
うずまきうごめきうめき合って
きみらをにらみつけているのが
わからないかなあ

およそ洗面台は洗面器のるつぼ
洗面刀ふりかざした面々が
きみらを面取りしようと
まちかまえている
そして洗面所は悪所中の悪所
きみらの全人格を悪の垢だと欺いて
こそげ取る洗面鬼の巣窟なのだ

つまり、とにかく、つまるところ
洗面器で顔なんか洗ってると
ラーメンとソーメンの区別もつかなくなる
つまり、ラとソの区別がつかなくなる
きみが歌手かミュージシャンなら
致命的な失格者となるぞ

面という字をよく見ると
まん中に四角な目玉が三つ
縦に並んでいるだろう？
洗面器というのはじつは鏡だから
洗面所の洗面台で洗面器に面と向かうと
そこにうつってるのがきみの顔だ
そんな所で顔を洗うと
きみの目も三つ縦に並んでしまって
上から下へ下から上へ、上ったり落ちたり
始末におえなくなるわいな

面という字はツラとも読む
洗面器で顔を洗えばツルツルになると
広告コピーに欺《だま》されて洗ってるうちに
ツラの皮はいよいよ厚くなるばかり

そこであわてて目茶をすると
いきなりツルンとツラの皮が剝げて
きみの正体がまる見えになり
きみの愛する人もきみ自身も
そのみにくさには
あッと叫んで卒倒するよ

およそ洗面所も洗面台も洗面器も
すべて洗面教という秘密教団がとりしきっていてね
そこの布教使どもにこんな話をきかれたら
洗面器を製造してる会社はみな風評被害を受け
作っても売れないから業績不振でバタバタ倒産
働いてた人たちはリストラ、解雇、路頭に迷い
子女はマンホールチルドレンとなる
それはおまえの詩のせいだ！　と言われては

かなわんから、
今の話はすべてフィクションですよ
(何が真実・事実・真理かは
今にわかるとだけおぼえておいてくれ)

カタス賞盃《トロフィー》狂騒曲

このときムラカミ水軍はアーッ
タライ舟二十艘を押し立ててエーッ
キイ水道から打って出たアーッ
ペペンペペンペンペン、ペペーン

曾孫のタ・イジーロは
子供帰りした孫のフ・ジーロと
洗面器の裏を引っぱたき

チャカチャカチャカとおっぱじめた

折しも倭寇のシーボート追っかけてエーッ
チェジュ島の屯田水軍がアーッ
ウワバミ海に突っ込んだアーッ
ペペンペペンペンペン、ペペーン

一方で嫡男のタ・カターロは
ラムネ玉をグラスファイバー網《ネット》にころがして
スッテンテンツクテンツクと
雨樋の上で踊り出す

このとき選りぬきの海女《あま》ゾーンがアーッ
紅白のナルトの渦をかき乱しイーッ
水中みこしかついで突走ったアーッ

ペペンペペンペンペン、ペペーン

そこで母方のおばばのム・メー嫗
黄泉みやげのストロー吹き鳴らし
合わせて三線《さんしん》を入れ歯で引っかいて
チョロチョロピーピーピーチョリンと舞い狂う

このやかましさに呆れたのがガイアだがアーッ
呆れてるうちこそよかったがアーッ
プレートごとわれらの墓地に突っ込んだアーッ
ペペンペペンペンペン、ペペーン。

母の家

横長のただでさえせまい寝室に
やけに高い二段ベッドを置いたから
まるで天井に今にも鼻がつかえそう
輾転反側どころか　ちょっと
寝返りを打つのも自由でない
となると却ってすぐまた寝返りを
打ちたくなるのが厄介だ
それで仲々眠れないから

仕方なく私は屋根裏と天井の隙間から
身体を回転させて裏側へところげ出た
そこからは母の管理する別棟になっている

すると何ということか、そこはまだ明るい
陽が長くて落ち切っていないと
こうも明るさがちがうものか！
広々とした二十畳、四十畳
いや、もっと広い部屋また部屋が
仕切りの襖《ふすま》もすべて開け放たれて
家具など何一つない、綺麗に掃かれた畳《たたみ》表《おもて》に
西陽が斜めに、まるで一杯にさしている！
私たちは嘆声を発するどころか、
まるっきり息を呑んで、
部屋から部屋へとめぐって行った。

濡れ縁や、縁側の外は、戸も雨戸も
すべて開け放たれ
みじかい芝草もきれいに刈られた庭また庭の
その縁《へり》の小みちを近所の人か、二人、三人、
屈託なげに、スタスタと歩いているのどけさだ
こんなに開けっぱなしで、不審な人やわるい人が
入ったりのぞきに来たりしないかなどとは
誰ひとり、いや、この家自体が考えてもみないらしい
このまま日が暮れて夜になってもこれでいいの？
いや大体、日が落ちたり夜が来たりすること自体
西日や夜の方でまったく想定していないことが
身にしむばかりあきらかだった。

（それはまるで、こうして黙って
部屋から部屋へめぐりあるくうちに

私たちの影が、影そのものも、消え去って行くことを
予め知っているようにも思われた）

代診の顚末

寄る年波を口実に自分では動かない父の指示でぼくは
必要最少限の器具の入った鞄をもち
土間づたいに北へ向かった。
どの仕切りも、通廊への敷居に
襖や障子は取払われて久しく
窓というもののないそれぞれの室は
赤っぽい灯がまたたくともなくまたたき、
住人たちは普段着にしてはケバケバしい

ちゃんちゃんこやねんねこに着ぶくれて、
食事をしたり、何やらかいがいしく割烹着を
意味もなく着たり脱《ぬ》いだりしては、熱っぽく
かすかに薬臭いうん気をば、
苦もなくまきちらしたりしている。

中で、夫婦らしい中年の男女が向き合って立ち、
激しい言い争いをしているところは、
こっちも首をすくめて小走りに通りすぎ、ひとりの男の子が
室の中央の薄い蒲団を被せた炬燵《こたつ》を跳箱《とびばこ》に見立てて
あざやかに跳んでは、うれしそうにまた繰返しているのは、
おそらく本物の跳箱は全く不得手なので、
健気《けなげ》に練習に励んでいるのであろうが、
こんなものが跳べても、いざ体育の時間になったら
かわいそうに本物には何も役立ちはしないのにと、

励ましの声をかけるのもはばかられた。
次の仕切りには、ひょっとこや鬼面や
おかめの面をつけた四人の男女が、
音ひとつ立てずに麻雀に興じていたり、
やはり炬燵をはさんで猫のような顔をした母親が、
対面《トイメン》の幼い女の子と黙ってにらめっこをしている、
その真剣さにこっちも思わず息を詰めて眺めるうちに
女はいよいよ身を乗り出して、顔と顔とが触れ合わんばかり
今にもこの母親は娘を食い殺すのかと、
恐ろしさに金縛りになっていたら、
とつぜん女の子の方がパッと顔をこっちへ向けたから
ぼくは思わず目をつぶって、
パタパタとその部屋の前をかけぬけて、
しばらく息をあえがせたが、
なかなかもう一度目をあける勇気が出なかった。

まもなく通廊はかっきり東へ曲った。
ここからの居住区はぐっと奥行きに恵まれて、
もう一つ奥の幾部屋かに通じる廊下が口をあけていたりする。
そろそろだな――と気をつけて進むと、
そんな通路口にいかにも不吉な
赤い布がパッと振られた。
ここだ、沓を脱いで上がると、
布のかげから突き出た手に腕をつかまれ、
引きこまれるように中へ入ると
苦しげなうめき声と異様な熱気が
噴き出すようにしてぼくを迎えた
そこは三畳ほどの小部屋に、
息を呑むほどまっ白な蒲団をかけて、
おかっぱ頭の女の子がまっ赤な顔して喘いでいる

そのかけふとんに手をふれるのを待ちかねたように
女の子ははげしくあばれて、
かけふとんをはねのけた。
まっ赤なちゃんちゃんこを
拘束衣のように着せられている、
その裾をめくって手首を探りあてて脈をみると、
意外に熱はさほどでなく、脈拍も異常はない。
筐から器具をとり出して手早く診察すると、
ほぼ、さっき父が予想した見立てが正鵠を
射ているのがわかったから、
ではあとで薬を入手して戻りますと家人に告げて、
再び土間へ出ると、その先四ブロックほどの向こう側の
いつもの薬局へ入り、父親の手形と
予診メモを添えて差出した。
受付の隣の、顔なじみの巫女のいる茶店で

舶来のコピなど注文して一茶しているとまもなく
調剤済んだと薬局から糸電話が来て、
手繰《たぐ》られるままに戻って薬瓶を受け取り、
さっきの赤い布を目印にまた沓を脱いで上り、
小部屋に入るとそこにはもうあの女の子の姿はなく、
かわりに80代かと思われるゴーック爺が
えらそうに坐っているではないか。
お嬢さまのお薬をお持ちしましたと言い終るのも待たずに
ゴーック爺はぼくの手から薬瓶をひったくると、
あわてて取り返そうとするのを邪険に突きとばし、
栓をぬくや否やゴクゴクゴクゴクと、
あっというまにのみほしてしまった。
あのう、それはお嬢さまのと、言いもあえず
爺はこっちをにらみつけて
わしもやはり脾臓の病でな、

あの女ガキよりずっと重症なんぢゃ、
そのわしが飲んで何がわるい？
わしこそこの薬を必要としとったのよ。
あのガキが仮病をつかっとったことくれえ、
わかっとるぢゃろが！
仕方なく「あのー、お薬代をぼくが
立て替えてありますが」
「何イ、わしから薬代をモギトル気か？
こちとらは正真正銘のコーキコーレイ者ぞ！
いい加減にせんと、番所からヒトを呼ぶぞ！」
その口角からとび出す唾と拳固が、
シャワーのようにぼくに襲いかかった。

Ⅱ

〔偽《ウェイ》〕目黒駅*界隈

目黒駅を出て北上する電車は、
ただちに目黒川を鉄橋で渡り
そのまま高架上を直進する。
南へ向かう電車はやはり直進するが、
その東側は低価格住宅が
西部劇の平原のように地平線まで見わたせるし
西側は背の低い商店街を、四六時中
電車の地ひびきが揺《ゆす》っている。

＊この駅は、東京都品川区に実在する「目黒」駅とは全く無縁であって、名前以外に何の共通点も関係もない。

その日私は何十年ぶりか、いや、とにかく
弱年時にこの界隈で暮らしていながら、
特に何の理由もなく離れて以来初めて来たので
とにかくまずは当時の馴染みの区域《カルチエ》へ行ってみよう

すでに見たように目黒駅を南北に出入する電車は、
すぐ北を流れる目黒川と直交している。
つまり駅をゼロ地点とすると
電車路線はy軸、目黒川はx軸にあたり
これから行く東北の一画は第1象限というわけだ
この一画には、電車と並行して二筋の短い商店街があり、
いずれもすぐ幅広の「ポラーノの広場」にぶつかる
商店街といっても、並んでいるのは
酒屋とパチンコ屋、碁会所、古本屋、
棺桶屋、薬屋などで

とくに買物客でにぎわうというのでもなく
夏の夕方は子供たちが花火をしたり、石けり遊びや
「花いちもんめ」に興じていたものだ
「ポラーノの広場」は広い長方形で
あまり元気のない柳の木が二列、
間遠に立っているのは、かつての花街の名残りだが、
ここに面して床屋と薬局があり
私はそこの女理容師、若い薬剤師と
次々に恋に陥ちては、いずれも振られたので
苦々しくも甘酸っぱい、うっすらと口惜しい
心の傷がのこっている、その傷が
いま、にわかにぐさりと生々しく痛んだのは
むゝと、口のゆがむ思いがする。

しかしこの一角を目ざした主目的は別にあって

薬局の１ブロック先から北へ曲るとすぐ、
左側に写真館がある、その奥の階段を
くねくねと昇っていくと屋上に出て、
同じ建物に住む三、四世帯共用の、
物干場になっているが、私の記憶では
その屋上の、風になびくシーツやシャツの間を
振り分けて行くとそこまで海が寄せていて
盛夏には赤い水着の女の子が
砂浜で肌を焼いていた
私もその傍に寝そべって、女の子と足の
おや指で互にじゃれ合ったりしたのは
それは何かイタリアの映画で見たようでもあり夢だか何だかわからない
本当でないならどうなっていたのか
確かめてどうということもあるまいが
幸か不幸か、その辺を数回往復してみたけれども

あの階段の昇り口は見つからなかった。

このとき、どことも知れぬ路地から、
唄らしいものがきこえてきた――
〽こんなこととは
　ふっとーや
　どうなっとーや
　しっとーや
　……
　こんなこととは
　どうなっとーや
　ふっとーや
　……
こんな唄とも風ともつかぬ、あるいは気の迷いか
私を身体ごとゆらめかせたので

そこから倉皇ときびすをかえし
駅なかの連絡通路をくねくね、ぶつぶつと折れ曲って
反対側の、第3象限へと吹きよせられた
ぱっと出たところは駅前広場の、
折しも夕方の雑沓が渦まいて、
右側は目黒川沿いの並木道へ通じて居り、
左側は大道芸人やストリート・ミュージシャンが
野天カフェの客相手に泣いたり笑ったり
そしていちばん左の端に、
南行き電車から見えた通りの
迷路的商店街の入口が、
一見、十何年前と、ほとんど変っていない
……のだが、……それでいて、一つ一つの店は
たて込んでいる客のどの一人一人も、
全く見おぼえなどないのがいっそう異様な別世界だ

顔がちがうばかりか、化粧がちがう、眼光がちがう
声がちがう、においがちがう、言葉もちがう、
だからなおのこと、カウンターから
こっちをじっと見ているウェイトレスに
思いがけず見おぼえがあって、はっとした。
たしかにあの頃よく見た顔だ、誰？
思い出せない。向こうもこっちに気がついている
じっと見る。これはいけない。思い出せないが、
何か、思い出したらまずい相手だ。
そしてその女給が、すっと唇のすみをゆがめて笑った。
私は青ざめて、しかし素知らぬふりして、
卓上のメニューで顔を隠したが、
われながらなさけない、とんだぶまだ。
あれは、ここではなくて、どこか……
別の城内の純喫茶へ、あの女に逢いに行ったのだ。

この近くにも最近○○喫茶が出来たわよと言うから、
じゃ、そこへ行こうと誘ったら、女は唇のすみを歪めて
何言ってんの、バカね、まだ真昼間《まっぴるま》よ、
夜、暗くなったらおいでと言って、そっぽを向いたのだ。
屈辱感にうちのめされてその店を出ると、
環状線の反対側まで電車で行き、同人誌仲間のK君を訪ねて
そのまま話し込んで、泊ってしまい、
あのウェイトレスとはそれっ切りになった、
二度と思い出すこともなかったのだ……
……ふとテーブルの脇に人の立つ気配に、
はッと身体をこわばらせていると、
女の手がすっと目の前に紙片を置いて、
足音も立てずに立ち去った。
紙片には、座席番号らしい数字が書きつけてある、
そこへ来いということか。私はその紙片をポケットに、

カウンターの方へは目も向けず、店の外へ出た。

あとを追って来て服の裾を引くのではないか、
あるいは店員が無銭飲食をとがめて
襟《えり》首をキュッとつかむのではないかと、
しかしそれは思いすごしで、もしかすると、
あのウェイトレスがあの時の……と
思ったこと自体、思いちがいかもしれない。
それにしても、と不安にかられて目を上げると
すぐ前に古本屋の、幅一間《けん》くらいの出入口があって、
あ、以前に、ここで自分の昔の詩集が
選り取り1冊10円の箱に入ってるのを見付けて買ったのだ。
とにかくその店内へとびこんで、
奥へ進むともう一つ裏側の路地に出る。
そこは道幅もせまいのに片側びっしりと放置自転車が並び

その中にもしかして何年も前に私自身が置き捨てた一台が、
赤錆におおわれたまま、私が引き取りに来るのを
うらめしく待ち続けているのではと思い始めたとたん
背筋がぞくぞくして小走りに、通り抜けようとすると
まさしくその一台が不意にうしろから裾を引張るではないか！
思わず奇声を発してふり向くとさっきの女給だ。
例の唇のすみを歪めて「逃げるのね」と言うから、
そんな、別に……と、へどもどしていると、
ぐいと上着の裾をつかみ直して、こっちへ来なさいと
ぐいぐい引きずられるのも見っともないから随《つ》いて行くうちに
竹垣の間から連れ込まれたのは、
見おぼえのなくもない昔からの小さな墓地で、
そこのベンチから立ち上がった二人の女は
あの女理容師と薬剤師ではないか。
この二人も、ウェイトレスも、

こうして近々と見ると頬にさした紅もむざんな老人斑に
思わず胸を衝かれたのはこれまた夢かまぼろしか、
縛り合わせた荒縄を引きちぎって竹垣全体、
ざざざとばかりに崩れおちた。

どうなさいました、お客さん？
すずやかな声で揺り起こす声にはッと気がつくと
のぞきこんでいる女の人の、ウェイトレスの制服に
思わず身体がこわばったが、
さっきの女給とは面立ちもちがう、見知らぬ顔だ
崩れた竹垣にはさまった身体をやっと立て直すと
女の人はこころもち眉をひそめて、
大丈夫ですかと言うから、大丈夫ですと言うと
それではお気をつけてと
背を向けて向こうへ行ってしまった。

考えてみるとこんなところへ何のつもりで
おれは来てしまったのか？……
まだ自分が生身の人間だなどと
思っていたのがまちがいだった。
一日の何時《いつ》だかもわからなくてと、
思い出すともなく呟いて
暮れかけた空を見上げれば
二羽、三羽とつばくらめが、
ヒュルヒュルヒュルヒュルヒュルと
するどい声で鳴きつづけながら次々と
墓地裏の路地の上を翔《か》けぬけて行ったのだ。

三月帽子《さんがつ》

又の名は三角帽子

三月帽子の鍔《ツバ》は登り坂のラセン形だ
僕は娘のすぐ後を追って自転車で
ラセンの坂を登って行ったが
みるみる高みになるにつれて
手すりもない路肩がこわくてこわくて
これはダメだ
お父さん、そんなにこわいのと娘はふり向いたが
これはムリだ　僕は戻るよと

そのまま車輪を逆回転させて
するするするりとあと戻りして
とにかく中へ入った

さてそこで僕のアイデアは
みじかく切った縄切れに
五、六匹の蟻をまとい付かせたのを五、六本たずさえて
再びラセン階段へ出るのである
そんな縄をば、しかるべく、
この段、そしてあの段と、
慎重に布置しながら、
上へ上へとラセン階段をのぼれば
どれほどで何階分のぼったのか
全然見当がつかないから
適当に切上げてもときた方へくるくると下って行くと

そこかしこ、否、いたるところに布置した縄切れから
黒蟻どもは次々に
湧き出すごとく段また段に
まとわりついているではないか　うまいぞ！
他にも少年たちが何人か　僕に倣って縄切れを置いている
僕のアイデアも仲々に　捨てたものではなかった

さっき僕が出てきた階は何階だったか
もう通り過ぎたかもわからない
仕方なくくるりくるりラセン階段を下りて行くと
蟻の数はいよいよ増え
中には50㎝か　１ｍちかくの　巨大化したのもいて
上から降ってくる小さい蟻を
次々にむさぼり食ってるやつがある
これはちょっとむごい　否　すごい景色だわい

ラセン階段の途中　たまたま右へ行く登り坂があって
ためしにそっちへ行ってみると
見おぼえのある郊外の丘陵だ　何だつまらない
次の平坦な道からトンネルへ入ると
そこはさっきのラセン階段のつづきである
蟻たちは次々と雨のように降ってくる
それをしきりに食っている　魚らしいのが現われていた
あたりをしきりに游戈しては
くるりくるりと首の向きを変えては食っている
いったいここはいつから水族館になったのだ？

しかしこんなにたくさんの魚類が
いたるところ回游し游戈しているのに
僕に衝突するやつは一疋もいないのは
僕とやつらのどっちかには実体がないからだ

やつらか僕か……しかしそのどっちかが
とつぜん実体化したらどーなるどーなる
おびえていてもきりがない
どうしてここは水族館どころか
ラセン階段をどこまでも下りて行けば
あきらかなここの実体は図書館だ
厚みのない影の切抜きのようなサメやシャチが
ひらりひらりと身をかわす中を少年少女は
それぞれにひらりひらりとゆききしながら
しきりに書棚から本を抽き出しては
夜明けの寝床に横たわる僕の身体の上へ
次から次へと本また本をつみ上げて行く
その間も天井にはうすぐろい魚影の切抜きが
隙間をもれる外光をすかしてうごめきつづけた
そこで僕はついに身を起こして

ラセン形の鍔のある三角帽子を
しっかりと頭に被ったのだ。

悪戯譚

ある占卜師の告白

序歌

「泣きの涙で絵具をといて
描くはむかしの花帽子
化けて出るかと被って捨てた
なさけ知らずのなさけ川」

序の譚

なさけ知らずのなさけ川
渡る橋をばまちがえて
ここへ来たのが運の尽きだ

わたしはまず覚悟をきめて
花模様のたすきをすばやくかけ
市場通りを掃ききよめ
運勢占いの小店を出した
机の前には紅一点の丸椅子
その下には奈落行きのマンホール

一の譚

最初の客は十九の娘
左目と右目に大きな段差があって
そこから下心がすけて見える
運だけ盗んでにせ金置いて
あとでお上《かみ》にチクる魂胆
そうは行くか——と奈落へ　おとす

二の譚

二人目の客は善人ぶったゴーックおやじ

搾取した運勢で太鼓腹
前金ですよといただいて——
ペダルをふんで奈落へおとす

三の譚

三人目はいかにも三枚目
だました女神の数だけ皺が
頬と口元におしよせて
これからもっとだまそうってか?
椅子に座るもまたず奈落行き

四の譚

四人目は見るからにお忍びの
某国の現役大統領
運命の女神とサシで相談したいゆえ
霊媒になれとの御命令だ
カチンと来たからこっちもまけずに

ニヤリとわらってへりくだり
それではと相手の座したる丸椅子をクルーリクルーリ
呪《じゅ》をとなえつつ加速すれば
やがてブーンと高速回転
そしてそのまま奈落へと御直行願った
その日のうちに某国では
大統領閣下御昇天！　と
まるっきり逆様情報の号外が出たとかや

五の譚

おまけにもう一つ五人目の客は
ぶつぶつと運勢相談を呟きながら
でかい両耳をふわりふわりと動かして
こっちへ風を送ってくるのが何ともはや
思わせぶりでいっそ気味がわるい
そこでこっちもご同類ですよと

相似形の両耳たぶをかわるがわる
ふわりふわりと応酬すれば
敵は次第に目尻吊りあげ
ふわーりふわーりふわーりと
いよいよ耳たぶふくらませて
これでもかと強風を送ってくる
わたしも負けずに両耳を
同時に同方向に二耳《ふたみみ》流の極意
ついに相手はタジタジと
尻を浮かせてあとずさり
こいつは奈落へ送るまでもないと
最後の二耳ひとあふぎ
男は地平線の彼方へと吹っとんだ
これでわたしも溜飲下げて
なさけ知らずのなさけ川

こんどは橋をまちがえず
次なる世へと渡ったのだ

反歌

「泣きの涙で附子《ぶし》の根溶《と》いて
いかすみよろしくトーストにぬった
これで死ぬよと遺言書いて
なさけ知らずのなさけ川
トブンと飛びな」

パリの惨劇

贋作『レ・ミゼラブル外伝』より

パリはお屋敷町の裏路地を
早朝の寒気がしらじらと
折れ曲りながらながれていた
余がヴィルフォール、マリウスの二人と
そぞろあるくうちに、この二人の間が
にわかにひどく険悪になった
ヴィルフォールはとある高い塚の
てっぺんから剣をふりかざし

あわや危機一発とみせて横ざまに跳び
隣の垣根をはねこえて庭へ大闖入
怒って出てきた主人と激しい剣戟となる
これはヴィルフォールの楽勝かと思われたところが
相手はハモニカ型の噴霧器を持ち出して
シュッシュッと執拗に毒ガスを吹きつけてきた
さすがの猛者ヴィルフォールも
これには絶句して立ち往生
ついには絶息してつっぷした模様に
余とマリウスは命あっての物種ゆえ
遺体収容もままならず逃げてきたが
しかしマリウスは気になるらしい
いったん戻った宿所から
抜き身の剣ひっさげて外へ躍り出ると
眼前に　死んだばかりのヴィルフォール

これまた抜き身の剣と
自分の首を四つ、四本の手にぶらさげて
ゆらりゆらりと立っていて
そのまま前のめりに
マリウスを押し潰して倒れこんだ
この惨劇は、はっきり言っておくが
余には何の責任もない
しかし毒ガスのしみこんだ冷気は
いよいよ激しく吹きつけて
余の鎖帷子の袖から胸元から
容赦なく全身を洗いさらした

――ちなみにヴィルフォールは法服貴族
マリウスは金で買った伯爵位の後継ぎで
そのくせサン・マルタン運河の廃船に住む

どぶ鼠のごときルンペン貴族なり

アリス・アマテラス

たとえば鳥たちの目から見ると
人間のこしらえる物ときたら
どう考えても奇怪で理解しかねる
新幹線の先頭車輛のかたちが
流線型だったのは当然として
それが次第に妙に崩れ
最近いよいよある種の鳥の嘴に似てきたが
そもそもあれは人間たちのいわゆる洋式トイレの
便器のフタにそっくりだから

鳥たちは可笑《おか》しがったり腹を立てたり
そこである鳥の作家のファンタジーで
主人公の美少女があのトイレのふたに跨って
高速鉄道の旅に出ることになった！
鳥がみな空を飛べるとは限らない
飛べない鳥だって結構いて
とくにボルネオに多いのが有名だ
そしてこの美少女は飛べない鳥
その名をカラカラケアーという。
かねてから目をつけていたのだ、
あたしゃ絶対あれに乗って
ハヤブサより速い旅をしてみせるがや！

しかしどうすれば安全に、
吹飛ばされずに乗り切れる？

頼れる相談相手といえばあいつにかぎる……
美少女カラカラケアーは
又三郎をケータイで呼び出した
フィウ！
さっそく*e*字形の渦巻ひとつひらめかせて
又三郎が舞いおりるや
テキパキとアイデアをふりまいてから
*e*字形の渦巻またひとつ
ひらめかせてフィウ！　と飛び去った
なるほどねえ、さすがさすがの又三郎ね
まず便器のふたの波の上
運転士の目線から死角にあたる一点に
強化ガラスのフードを接着する
これが美少女の特別座席
何しろ便器のフタの上だから

トイレは他になくても大丈夫
強化ガラスはガラスであってガラスでない
又三郎のマントの何世代も進んだ超軽量で
ナノレベルの薄さと硬度と透明度ときてる
しかも運転士の目線からは死角も死角
ぜったいまったく見えないし
プラットホームからも全く不可視
もちろんカラカラケアーと同類の
鳥の眼からはまる見えだが
何しろかれらは飛べない鳥だから
このフードが見える位置になど来られるはずがない
しかしこれではまるでガラスのカゴの鳥
出入りはどうすりゃいいかって？
カラカラケアーの特技は籠抜けマジックで
美少女こそはこの伝統技能の天才スターだよ

さてごたくはこれくらいにして
いよいよ美少女の初乗り
　　　　新幹線初乗りフェスタ当日となった

さてもさすが自信満々を絵でかいたような又三郎が
（もちろん絵になどかけはしないが）
さすがついでに心配になったらしく
おしのびで（いつだっておしのびだが）様子を見にきてね
何度も*e*字形ひらめかせて上空をゆききする
とにかく又三郎の父も兄弟もいとこも曾祖父も
みんな又三郎だってことは知ってるね
その又三郎一族郎党が全員勢ぞろいしてやってきた
新幹線始発ホームの上空は又三郎がびっしり
蠅の出入りするすきまもありゃしない

それでも人の目に見えるわけでなし
上空はまっ青な空と入道雲のまだら模様
目の利く鳥の中にはe字形の閃きや
フィウ！　という音波くらいはそれとわかるがね
さていよいよ、ピー！　という笛など鳴らないが
スーパー超特急ハヤブサは発車した
ところでじつは美少女カラカラケアーの
旅の目的はただの観光でもなければ
気まぐれでも、ギネスブックに載ることでもない
あの又三郎にももちろん打明けちゃいないが
ひとつの（これはただの不定冠詞ではないよ）
ひそかな目的がねえ、あるんじゃよ！
そりゃ何だ、早くおしえろ、
宝さがし？　父親さがし？　自分さがし？
自爆テロ？　パラレルワールド出入口？

婚活？　〇〇の定理？　不死の薬草？
逃げた恋人？　？？？？……
Shut up!　比喩としてなら、そのどれも
当っていないとも言えないが、
ということはどれもみな
当っていないということだ
じつはおれもはっきりわかってはいない
言えることはただひとつ
答えは美少女の腹の中にあるってことよ
もちろん美少女を拉致してお腹を断ち割って
五臓六腑のすみずみまでさぐるのは法律違反
おれにも誰にも答えられるもんだいでない
できることは、物語に聞くことだけさ
つまり、物語の語るところによれば——

《世にもまれなる美少女カラカラケアーの
お腹の中には1個の受精卵が着床して居った
それもじつは正真正銘、処女懐胎というやつでな
美少女自身ゆめにも知らぬ間の
寝耳に水であった、それをまた型通り
一組の翼を立てた正真正銘の天使《エンゼル》がやってきて
「受胎告知」をやってのけた
たちまち何十何百疋の、
鳥の世界の絵描きどもが
『アヌンチャタ』の名作珍作愚作をモノしおってな
たちまち鳥の世界に広まった——のは万更嘘ではないが
物語の語るところによれば
それらのメイ画は怒った人間どもに
よってたかって破られ廃棄され
わずかに顔を人面に描き変えた数枚が

人間どもの美術館にれいれいしく飾られてるだけだ
と、思わず物語の口がすべったが――それはそれとして
美少女カラカラケアーのひそかな企てとは
せっかくあたしの腹にやどったこのスーパー受精卵を
どうにかしてぶじ孵化しおおせて
その運命を全うさせたい》というのが、
まず表向きの考えであると言っていい……

しかしだな、物語の「語り」とはだますことだから
必ず、美少女には決して語りえない底意がある
それは悪意からくるとは限らないが
何かのイデオロギー、宗教的政治的意図や
〝物語のための物語〟、〝作品自体の要請〟etc……
そこで実をいうならば
美少女は〈告知〉しにきたあの天使など

全然信用してはいないのだ
たしかにあたしのお腹の中には
何やら突拍子もない生命体だか、
あるいは異様な聖霊《ゴースト》のようなものが
いつからか、胎動しはじめている
とすれば、その得体の知れぬものこそは
あたしの生《ヴィー》に運命をもたらすもの、
それを十全に利用・活用せずにいていいものか⁉

さて問題のスーパー超新幹線超超特急の
最高時速は一〇〇〇〇kmに達する予定だという
そして美少女は胎内の新生命体の
それ自体の速度が並外れていることを
直観的に察知している
両者の相乗作用がもたらすインフレーションを

このあたし自身、わがものにしてくれるわ！
こうして自分や他者たちの思惑のすべてを
ひとつなぎの列車として牽引しながら
美少女のハヤブサ号はみるみる加速して
たちまち予定の最高速度へ達したところで
美少女は、かねての計画通り
ゆっくりと祖先伝来の籠抜け絶技を解き放った
その瞬間、運転席にいた特急運転士Ｍ・Ｋ・は、
両眼の目線交錯の死角からとつぜん
文字通り降って湧いたように
一羽の美しい鳥が
目には定かに見えぬ翼をひろげ
まるでふんわりと、じつにもう
ふ
ん

わ
り
と
視野の全体をおおってゆっくりと舞いあがり、
その直後かき消すようにすべてが
暗黒に溶けこんだ――と
後生での報告書に書きとめている。

*

この美少女は、ある惑星では太陽神
すなわち三本足の烏《カラス》とよばれ
その三本目の足は二本足の間から生えているし、
またある先住民族の神話では
その名をアリス・アマテラスとよばれているというが
こればかりはにわかに信じ難い。

烏蘇里河

連作「画家とモデル」から

〽オソリガー
　オソリガー
さも恐ろしげに河が鳴いて行く
そんな嘘っぽい泣き方をするから
ウソリガーとか
ウソリヴァーとか言われるんだ
すると中流のあたりじつに不満そうに
ブツブツ泡立って盛り上がってみせる

なんとまあ料簡《りょうけん》のせまいやつだ
「わたしの名こそ名も高きウスリー河」が聞いて呆れる
画家は地球儀のその河谷に
切出しナイフで切込みを入れて
そこへ黒インクを流しこんだ
〽オソリガー
　オソリガー
河はたちまちインクにむせて
ゴボゴボ泡を噴いて鳴きやもうとしたが
インクもさるもの時間をまきこみ
アッタアッタと凝固をはじめたから
このままでは河が死んでしまう
それはさすがにかわいそう
地図帳の索引から異見が出て
画家も仏頂面をすこし和らげ

いまの切込みに修正液をなすり込む
〽オソリガー
　オソリガー
河の水はさすがにやや音量を落して
そのかわりさっきより陰気になり
さもうらめしげにまた鳴きつづけたが
画家の関心はもうそこにはなかったのだ

そこで河という名のモデルは
しばらく黙って泣いてから
ゆっくりかつらとズボンをぬぎ
画家の背へ小さくお辞儀をすると
地図帳の中ほどをひらき
まさしく栞《しおり》のようにしおしおと
紙と紙の間へ姿を消した。

雨中謝辞

縁側の戸をあけ放つと
正面にせり上がるへデテ山《さん》から
ガチャガチャと裾野を馳下ってきたのは
七色の折紙甲冑を着た騎士軍団
はじめは大悦びで庭へ迎えに出たうちの猫どもは
蒼白な顔を縦四倍に引き延ばして
物も言わずに逃げ戻った

やがて庭先に殺到した武装騎者団
遠くからはマンガ的にはしゃいで見えて
近々と見れば見るほど猛悪な形相
さすがにおれもおっ取り刀で立ち上がり
ピシャピシャピシャピシャと障子を立てた
そして中央の座にガッシと膝をそろえたおれの
左右には硬直して身動きもせぬ猫ども

庭では武者どもも物も言わず
しかししきりに馬は足踏みしているし
銃剣の触れ合う音がひとしきり　そして
一瞬しんと静まりかえったから
さあ縁側へ殺到し、障子を蹴破って
なだれこんで来るか　それともまず銃射撃？
おれたちは肚を据えて息を呑んだ——

——その途端全く音もたてず障子は左右に開いた
縁側には七色の折紙兜がずらりと並び
その左端に執事騎士か、ヒタと顔をあげて
〝Ladies and gentlemen〟とは言わなかったが
「こちらに控えしはこれより御覧に入れる
新作演目の作者にして主演藤原の十郎左ヱ門
次なるは筆頭女形、七ヶ谷の七之丞

さらにそのまたパートナー、比律布マーロー」
そこでキィーン！と柝《キ》が鳴って
鎧兜どもが這いつくばった
さてもおさまらないのがうちらの猫どもだ
先程の突撃強襲がよほどこわかったか
いや、こわがらされた屈辱に怒り心頭に発したか

ぐゎおーッ！　唸り声をあげて縁側へ押し寄せる

見れば驚いて顔を上げた武者らの座高は
猫よりもはるかに低いではないか
すっかり居丈高になった猫どもは
手当り次第、武者たちに襲いかかると
虎属の本性もあらわな暴行暴虐
文字通り縁側は地獄図絵と化した
そのおぞましさはむしろ百花繚乱

血しぶきと肉片の雨が飛び交う、その向こうでは
雑兵や軍馬どもが虫けらのように逃げて行く
大慌てで幕をおろそうとする舞台係も
照明を消す係も周章狼狽して手がつかない
さすがのおれも腰が抜けたから、血の雨の中

何とかまわれ右して皆々さまに
平身低頭、これにてお引取りを願い奉りまする。

【後白】
それにしてもうちらの猫どもときたら
横長だった眉目《みめ》よき顔が四倍も縦長になったのは
その後鎮まって、何度お風呂に入っても
二度ともとにもどりませんでした。

陥没変

或る事故の真相

何だ、ひさしぶりに見る総武線の北空ときたら
亡き父の旧友、フルビトイ・トビヒという男が
おかしくなる前に描いた絵とそっくりじゃないか
物欲しげな悪鬼のように
曇天の日輪をカサに着て
倭小な小雲どもにかみついている
見るからに飛龍ぶった黒鳥雲
こっちでは、ユルキノ・ユリタラウというケチな官吏が

ふんぞり返った橋桁を切りさばきながら
ご大層な合金の橋をわたって行くところだ

全体に目に付くオブジェの大半が
身に不釣合なほどの重石《おもし》で地下に結び付けられ
どんな外圧や地震があろうと
てこでも動けないというふぜいだ
やや　これはむしろとんでもない前触れだぞ
いつもなら県境の川をこえたところに
出てくる聖フェルメールの石の船が
早くもシュルシュルシュルシュルと梟のような音立てて
電車に併走しはじめたではないか
これは絵の中というルールのとんだ逸脱だ
だいいちルールなどという幻想は
おシャカ様より時代遅れだよ

聖フェルメールの石船はもう前のめりに気を入れて
シャカシャカシャカシャカとせり出した
そしていよいよ鉄橋にさしかかる
河川敷にあふれた赤い河
まさしくこれこそは
父の旧友、フルビトイ・トビヒの絵に
くりかえし使われた禁忌のモチーフ
とすれば、わかったぞ、世にも愚かなおれの父を
あざむいて国境の闇に投《ほう》り捨てた犯人はあの絵描きだ
これはやはり、あいつの描いた絵なのだ
電車は陽炎の中で石の船と今にも交錯して
そうか、これだって、
ユルキノ・ユリタラウの企らんだ筋書きではないか！
そこでとつぜん
電車は絵の額縁をば突きやぶって

ズズンとばかり陥没して果てた

真夏の昼と夜の夢

ひるは一日メシも食わずに
机をはさんで紙媒体の仕分けに励む
文圃堂版全集本文と
十字屋版本文と
いろいろな筋でつながったり
かさなったりとぎれたり
そいつを両方から手を出して
振り分けもみ分け
紙はぜったい切ってはいけない
すててもいけない消してもいけない

混同や繋《つな》ぎ誤りはもってのほかだ

夜はといえば寝てもさめても
鶏の仕分け、もみ分けに励む
まず手初《てはじ》めは放し飼いの畑で
農道と生垣にはさまれた帯状地
隙《すき》もなく群らがる鶏どもを
牧羊犬よろしく追いまわしては
道路へ出ぬよう生垣に頸をはさまれぬよう
折り重なったりいがみあったりせぬように
まだら雲から日の降る下でさばくのだ

そしていよいよ夢の中ともなれば
鶏の生肉を振り分ける仕事が待っている
コンクリートの槽いっぱいの

ツルンと皮を剝《む》かれた丸ごとの肉塊を
われわれは油浸けの軍手をはめた手で
ひざ小僧まで踏み込んで
丸ごともりもりぬくぬくべとべと
練り分けもみ分けつかみ分けて
朝、目がさめるまではたらくのだ

こんなのが私たちの昼と夜の夢
そして夢でない時間はというと
うちの大切な女神様のために
台所片付け、食事の仕度、おせんたく
昔ならゼンマイ仕掛け、今は電気仕掛けに操られ
そして買物――お掃除だけは免除――
あとは寸暇を見つけては
こんな詩を書いているんです。

Ⅲ

新宿城談奇

その朝、階段を上り、扉を推して出てみると
新宿はいちめん氷結して全く人通りがなかった
すでに日はかなり高く、空もよく晴れて
氷は存分に光を散らして眩しかったが
それよりも何よりも大通りのいたるところ
厚い氷の板や角材が、斜めに
めちゃくちゃな角度で突き出し
その角《かど》や、截られた断面もまちまちなまま

これ以上毫も動かぬ風情に鎮座して居る
これには途方にくれるよりむしろ呆れて
若干まゆをひそめ、目をしばたたいたが、
それよりとにかく腹が空《へ》った
何か食って胃袋をなだめねばとんでもないことに
なるぞ、と、わずかに見通しのきく木乃国屋の方向へ
氷材や氷石を縫うように踏み出してみた

しかし、ここかと思うあたりには
木乃国屋らしい建物も階段も
氷に埋もれてか見当らず
その正面あたり、結氷を割《さ》いて
ドーム形の門が立ち、
中から人の出入りする気配がある
おずおずと段をのぼるといきなりその洞内から

ドーッと吹きつけてきたのは風ならぬ音響の咆哮
それも不協和音の限りを束にした風陣だったが
あわてず気を落ちつけて薄暗《うす》がりをすかしてみると
さまざまな楽器を抱えた男たちが、演奏中というより
てんでに自分の譜や楽器を練習しているにすぎず
その何人かがこっちを見て手を振っている。
その連中が近寄ってきて、おそかったじゃないか
何してたんだ、とか何とか言ってくるのは
人違いしているらしい、どいつも知らぬ顔ばかり
いや、見たことがあるような気もするが
それは錯覚で、やはり縁のない連中だ
それでもなぜかなおも執拗に、中へ入れ、
仲間に加われと誘い込もうとするから
こっちもやや鼻白んで、腹が空《へ》ってるんだ
まず何か口に入れないと変になる

という意味を喋ったのは一体どこの言語だか
自分でもわからない言葉がぴらぴらと流れ出たのを
男たちは妙な顔をしながら意味はわかったらしく
急に突慳貪《つっけんどん》になって、イッセータンへ行け
イッセータンイッセータンと変てこなアクセントで
くりかえしては外を指さすから、わかったわかったよ
手をふってさっきの入口から出るのを
さっきと同じ音の風がゴーンと吹いて
さて、押し出されるままに氷結した路地の
右の方を見るともうすぐ傍に
何やら白と青の幟がはためき和風ののれんから
歌が洩れ出ている――
〽わたしたちはみなおたがいに
　一世を契った仲ではないか、そら
一世丹、一世丹、一世丹……

そういえばここらに似た名前のデパートがあったのでは
なかったか？　しかしこれはまたデパートの
なれの果てとも思われぬ
白黒格子模様のひょろりとした塔か何か
いや、火の見櫓を思わせる造りで
のれんを押して入るとすぐラセン階段の昇り口
否も応もなく爪先上りにくるくるくるりと
かの桜田家族教会よりもなお狭い段また段を
すこし昇ってすぐわかった！　これは昔少年時に
住んでいた家の屋上へ通じるラセン階段
そのものではあるまいか、いやまさかそのものではなくて
高さだって新宿城下を見はるかす景観には程遠い
ようやく正面の花園寺苑とおぼしい木立の梢に
やっととどくくらいの行止まりに硝子張りの
やはりペントハウスがあってそこは手狭ながら

小ぢんまりしたキッチンになっているではないか

なるほどここが一世丹《イッセイタン》。物が食えるのはウソではなかった
ウソでなかったにはちがいなくても
これがさっきの宣伝歌《コマソン》の続きにもうたわれた天下の奇勝
新宿城下でその美観で知られた名店にしては
何ともはや、キッチンとはよくも名付けたものよ
ヒラヒラと薄っぺらで皿の模様が透けて見えるパン一片
それを焼けとてかミニサイズのトースター一基
さらに超ミニ・グラスにコーヒー色の
つめたい飲みものが一杯分！
しかしボタンを押すと
パンはチリチリと音立てて焦げはじめ
これは！　と驚きの芳香が！
そしてコーヒーからも温気がたちのぼる

「驚き」はそればかりでなかった――
パン一片を角のところからチミチミとかじり
ミニカップのコーヒーをおちょぼ口《ぐち》してチミチミとすすり、
間なしにわかったことは、
パンはかじってもかじってもなくならない
コーヒーも、すすってもすすっても減《へ》らないのだ
そして、パンのせいか、コーヒーのせいか
かじり、すするうちに窓外の氷柱や氷のビル
正面の氷結した花園寺院の梢が
みるみるせりあがり盛りあがり、ペントハウスの
二倍三倍、十倍、百倍になってそそり立って行く
ということはつまり、当方の身体もこの塔も
いまのパンか、コーヒーの成分の作用によって
蟻サイズにまで縮小また縮小していく
じっさいそこは、まさしく蟻サイズの人間の住む世界

ペントハウスの周囲には、この世界の仲間たちが
輪になって踊り、歌っているのであった――
〽わたしたちはみなおたがいに
　一世を契った仲ではないか、そーらそら
　一世丹、一世丹、一世丹……（繰返し）

魔の日曜日

今日は魔の日曜日
乙女は左の指を四本折ってから二本のばし
右手の指を二本折ってたしかめた。
さてどうするか
わざわいは寝て待てと
うちらの辞書にあるじゃないの
だからネテヨウビにしましょ。
乙女はさっき折った指をよく舐めて

身体の向きを変え、目をとじた
すると、まるでその途端、ドアをトトン
トトンと叩く音がする
何さ、寝て待てなんて言っといて
寝てるひまもないのかよ
目をパッとあけるといつのまにか、
部屋の様子が変っていた、いや、
変ってるどころか、いたるところに花束が！
トトン、トトンとまた戸を叩いている
乙女は気を引きしめて扉の前に立ち
「キエラ？」ときいてみた。すると待っていたように
「花束は着いたかね？」
「だから、誰かってきいてるんだ！」
「私は」と相手は勿体をつけて、「カミだ」
このアクセントは……「神さまってこと？」

「その通り。私は、神だ」
「で、何の神よ？　ビンボー神とか、
厄病神ってのもあるからね」
返事はない。ククク……しのび笑いらしい気配に
わかった！　今日こそは魔の日曜日
花束の贈り方からして、こいつはロクなものじゃない！
とっさに乙女はさっきのかたちに指を折ってから
すばやく前腕をX字にして、魔除けの呪をとばした
この呪文に堪えられる魔は少ないはずだ
「グフッ」と扉の向こうでうめいて
戸板がミシミシきしんだが、
うちらの扉はそんなやわなものとものがちがうわい！
室内の花束の、花という花が
グシャグシャと悲鳴を
振り向くまでもない、すべて忽然と消えた

「今に見てろ」扉の向こうで神の低い声
この捨てゼリフを言うやつは、大した玉ではない
しかし次が来るのを寝て待つのは危いかもね。
乙女は部屋のまん中の、蓮の花形の円内に
結坐し、両手の指を組み合せて熟考した――
次の「魔の日曜日」は……X年後、その次は……
これではキリがなさすぎる。そしてその間にもしかして
とんでもない新手の「神」がどこかから
とびこんで来ないとは……かぎらない。
それどころか、どうも今日は不穏な予感がするわいな、
それならむしろ、こっちから打ち止めを試みるか、よし！
いつもながら乙女の決断は速かった。

そこで乙女は自らの想念を解体し、
それらを部品として、室内全体の広さに

半透明の迷宮を組み立てた――出口はないが
入口はある、一セットの迷宮《ラビリンス》を。
そしてその入口を部屋の扉にピタリと密着固定し終ると、
間なしにまた、トトン、トトンとノックがある
今度はこっちですこし焦らしてから、
乙女はわざと天井近くから声を出して
「キエラ？」と問えばすぐに
「私たちは、神だ」と答えがある。
私たち？　つまり複数、多神教かよ。何体？
まさか八百万……何だって対応してみせるわよ。
鼻の尖をツンともち上げて
「どうぞ！」すると、
スルスルスル……と扉がすべって開いた
乙女はそこでギョッと息を呑んだが
全く同時に向こうもギクッとした気配

こっちの迷宮に向こうがおどろいたのは無理もないが
乙女の方もびっくりしたのは向こうの軟体動物の気味わるさ
しかし全く間を置かずに
敵の軟体動物の大群が攻めこんできて
それこそあっという間にこっちの迷宮の
一万五千室が満杯になった！
乙女だって負けてはいない
やはり殆ど間をおかずに
一万五千室の天井に一万五千体の、
敵の天敵を吊り下げた、そればかりでない
それら一万五千体の、乙女の分身が
各室の軟体動物に襲いかかった……
……ここで問題です。乙女の正体はというと
何を隠そう、人間のいわゆる□□□だ
右の四つの空欄を仮名文字で埋めなさい。

それはこの星に生命体が現われてから幾千万年
多くの生物が出現と繁栄と滅亡をくりかえし、
ようやく人間が登場するよりもはるか以前
今と同じ姿でやってきて、今もこれからも
この星のいたるところに展開しながら、
まもなく先に滅ぶ人間どもに嫌われおとしめられてきたが
その貴種としての真価を一挙に露出する時が来た！
いま乙女は自分の決断に自分で驚愕しながら
一万五千体の分身を一度に億兆万倍に爆発させようと
一万五千室の縛りを解き放つエネルギーを孕んで
戸口から外へ跳び出した。
しかしその何億分の一秒の、瞬間の前と後との
わずかな狭間に、乙女は悟ったのだ、
これが真の、〈魔の日曜日〉だったのだと。

その瞬間をここで無限にちかい高速で撮った場面を
リプレイすればはっきりわかる——
キッチンの両開き扉のすきまから
跳び出した一疋の□□□□を
少年の□□□□叩きが一撃で叩きつぶしたことが。
それは少年（つまり話者）がそれまで九年の生涯に
叩きつぶした三疋目の標的であった。
（そこで私は母親から、約定により
一疋1円の駄賃をせしめたのだ）

幻の踊り子に語りかけるオード

オードリー　お踊りよ
大通りには人けがないし
おどろいて飛び立つのはカラスだけ
大鳥神社前の十字路の
お酉《トリ》様のにぎわいは只の夢
だからオードリー　お踊りよ

おどろおどろしい銅鑼の低音は

オドラデクを脅《おど》すだけの
おとりの音にすぎないよ　さあ
おっとりしすぎるのが玉にキズの
オードリーよ
お踊りよ

音頭をとってあげようか　いつまでも
おどおどしてると　引っぱたくよ
怒ってるわけではないんだ
お踊りってば
オードリー　そうら
大鳥居にもおとりのシャンデリヤがかかった
オードリー　お踊りよ
きみとは別の名前の Hepburn さんの

わたしは弟子のまた弟子筋にあたるんだ
それにきみと同じ名前の美少女が
映画でダンディな老人と踊る場面や
おどけて踊る王女役もあったよね

オードリー　お踊りよ
大きなドレスの裾を
私が音頭とるたびにはね上げてくれ
それだ！　お虎ぎつねの足さばき！
何もかもスペインの雨の彼方へ消えぬ間に
お踊りよ、オードリー！

〈弓〉の付く地名の由来

〔付・後日譚〕

そのとき弓張り島全体が
バリバリバリと鳴り出した
それ！　弓鳴り島だ！
この島には二つの名前があって
ふだんはせいいいっぱい虚勢を張って弓張り島を称し
その虚勢が昂じてついに鳴り出すと
弓鳴り島とそしられながら
仕方なくブンブン愚痴をこぼしては

自分で自分の耳を押さえ
ひそかに弓張り屋を呼びつけて
新しい弦を値切っては張らせるが
この値切り交渉は結局いつも
弓張り屋の言いなりで
あとで奥さんに叱られる……
……それはともかく
こんな名前の二重状態が
このままで済むはずはないのだ
おれこそ本当の名前だと弓張り島が言えば
何を言うか　われこそ真の名だと弓鳴り島も言う
ついに弓鳴り島の方が裁判所へ訴えを出した
一方の弓張り島はあちこちの地図屋に申入れて
こっちの名を印刷して印税をよこせ
弓鳴り島の方も負けずにあちこちの地名辞典へ

おれの名の方を載せて使用料をよこせと談判だ

ここまではとにかく名前同士の争いだった
島民たちは別に、どっちもうちらの島の名だと
オーヨーにかまえていたが、それに気づいて
二つの名前がそれぞれ島民の取り合いをはじめた
弓張り派、弓鳴り派、それぞれに支持者をあつめて
次の島議会で決めてもらおう、
さあ　どっちだ、どっちだ
この島の住民には、いいとこもたくさんあるが
共通してるのはせっかちで、
熱しやすく、そのくせさめにくいこと
両派の争いは次第にエスカレートして
中央広場にそれぞれ論客が繰り出し
舌戦、論戦ではケリがつくはずもなく

実力行使、双方が武器を持ち出したから、
血を見るのは避けられないか？
そこで両陣営のリーダー同士が対決することになった。

弓鳴り派の首領は筋骨たくましい女丈夫
弓張り派のリーダーは長身痩軀の美男子
両派の男女が取り囲む輪の中で
二人はゆっくりと接近するとみるまに
まるでアッと言う間もあらばこそ
女丈夫の持つ長剣、美男子の持つ長槍が、
ガッキとばかりに相手の胸を刺し貫いた
そのまま、どちらも微動だにせず、息絶えている

男女首領の相討ち像は
その場でみるみる石像と化し

島の名を争った両派の戦意・敵意もまた
凝固して途絶えた。
石像はもう　押しても引いてもビクともせず
そのせいか島は二度と鳴ることをせず
島の名は〈弓なはり島〉となって今日に到っている。
おそらく将来、何かのはずみで
石像の男神・女神が引離されたりすると
時にまた島全体が鳴り出し
争いがよみがえるかもしれぬと
主張する者もあるとかや。

〔後日譚〕

それからさらに幾星霜が経って
度重なる地殻変動や海進海退のすえ
島は本土と地続きになり

地名に「弓」の字は残るも由来は誰も知らず
中央広場にある得体の知れぬ石塊にはコケが生え
子どもたちが取りついて登っては遊ぶくらいのものである。

（このままではいかにも残念だ
わたしのこの詩を記した由来碑を
石塊のわきに立てたいと
何度も申し入れたが行政は首をすくめて
まるで聞く耳を持たぬふりなのだ）

青空

顔のない女と赤黒い坊主と青白い若者
この三人は、白い紙一枚しかもっていなかった
顔のない女がその一枚をとりしきっていた
紙がひらめくたびに
赤黒い坊主はその後を追い
青白い若者は低く羽ばたいてつづいた

雪のつもった丘々のはざまを

三人のコースは折れたりめぐったり
重なったかと思うと離れたり
そのうちに紙は三つにちぎられ
三人はめいめいの切れはしを手に
なおもしばらく行を共にした

そのうちに女が雪みちに転び
そのはずみに顔ならぬ顔で紙片を
ふさぐようにして突っ伏した
紙片は雪に平べったく埋もれ
その上に女ならぬものの顔が重なって
どれもそれとはわからなかった

坊主は若者からつばさを取って
雪みちを助走してから低く飛び

目に見えぬ闇にぶつかって
自分の紙片を血で染めた
青白い若者はそこではじめて声を発した
《ぼくはこの一枚の紙片だ
風よぼくを運べ、どこまでも》と。

風は笑って、言われた通りに
その紙片を空へ運び去った
そしてその空は今も青い、昼も夜も夏も冬も。

二つの歌

西暦一九一八年に第一次大戦が終り
西暦一九四五年に第二次大戦が終ったと
物の本に書いてあるし誰でも知っている。
しかし時の流れというものは
溯って行くと、別の流れが入ってきたり出て行ったり
いろいろと人の知らぬ謎があるものだ
ある日私がひとしきり溯ってみると
何と一九三五年頃に第三次大戦が終っていて

その終戦直後のこの国で不思議な歌がはやっていた
それは二人の女歌手による
別々の、しかしメロディラインだけはよく似た二つの歌

第一の歌をはやらせた歌手の名は
オオキタ・リエ子
ひょろりとした長身やせ型の若い子で
三十kgはありそうな厚くて重いドレスの裾を
軽々とひらめかせながら哀しげに尾を引く唄
しかしその重さはタダゴトでなく
SPレコード盤は蓄音器の上で身もだえして反《そ》りかえり
十回も聴くとヒビが入っておシャカになる
ラジオで聴くと真空管がイカレてしまって
いくら受信機を引っぱたいても、もうダメ
それでも聴きたいファンがレコード屋、

ラジオ屋に行列してまた買いに来る

第二の歌を唱ったのは、コミナミ・エリ子といって
もともとジャズ系の肥満型中年美人
よくまあその体を支えると驚きの細い足首を
トランペットにからませて踊るブギウギ小母さん
たちまちその歌唱は一世をフービした。
しかしその明るさと軽さはタダゴトでなく
マイクは調子がはずれてキーキー鳴るし
歌詞カードなんか風もないのに空を舞う
ファンのリクエスト殺到に
ラジオ局の電話ガールは悲鳴をあげて卒倒した
だいたいこの国が第三次大戦で惨敗したのも
もとを正せばこの二人の歌のせい

うちらの軍隊の半分は
第一の歌に心奪われたあげく戦意を失って
突撃や突喊にふるい立つどころでなく
あとの半分ときたら
第二の歌に舞い上ること正気の沙汰でなく
敵弾に当たらない前からあの世行き
相手方の兵士らは、二つの歌に伝染したら大変と
全員耳栓をして向かってきたから
こっちは全然勝負にならなかったのだ

そしてこの二つの歌の反響と影響は
とてもこのときにとどまらなかった
わが国と相手国の勝敗を分けただけでなく
そのリズムとメロディの魔術は
世界中の交戦国に及び

大戦など否も応もなく終結しちゃったのだが
これには、勝った側負けた側どちらの国家権力も
これはいかん！　と危機感におそわれた
何しろどちらの権力機構も
戦争したいやつと
戦争でもうけたいやつらの巣窟だ
あの二つの歌は抹殺せねばならん！
一方、二つの歌の作詞作曲者、ヒムガーシ某は
ただちにノーベル平和賞の受賞が決定
特別機で授賞式へ向かった
そこまではめでたい話だが
危機意識にかられた国際武器産業連盟の
必殺必中のミサイルが特別機を撃墜
ヒムガーシ某の存在も功績も闇に葬られ
そして第三次大戦というもののあったこと自体

世界中の歴史から抹消されてしまったという
だけのお話であります。

目次

Ⅲ

おぼえがき

本書に収めた二十四篇は、主として前詩集（二〇〇九年）の編集時の頃から約二年間、二〇一〇年十二月までに書き上げた作品で、そのうち本書刊行前に新聞雑誌等に掲載のものは六篇。それらをも含めてすべて、天童大人プロデュースの自作朗読会で〈未発表最新作〉として口頭発表されている。

ⅠⅡⅢの章立ては、おおむね、成立順になっているが、個別には必ずしもその順に縛られているわけではなく、また、「Ⅱ」のうち「三月帽子」「悪戯譚」のように二〇〇七年に下書が出来ていたものもある。

なお、本書タイトルの初案は『人間の運命パートⅡ（あるいはB）』であったが、その折の副題「螺旋と変奏」は活かした。けだし「スパイラル」と「ヴァリエーション」は、〈人間〉〈詩作〉のそれぞれに運命をもたらす源泉だからである。

第一詩集『道道』（一九五七年）以来、二十五冊目にあたる本書によって、五十四年目に、一つの区切りをしるすことができるのを、小田久郎、天童大人のお二人および、四度び目に装画をわずらわせた黒田アキさんに、御礼申し上げる。

二〇一一年春

著者識

［追記］時しもこの三月、東日本大震災が起こった。およそカタストロフには、天災と人災の二つがあるが、むしろすべてのカタストロフは人災であると言える。人災は人間に責任があるが、天災の責任は天になどないからだ。私たちの詩はつねにカタストロフの彼方へ向かうであろう。

アリス・アマテラス　螺旋《らせん》と変奏《へんそう》

著者
天沢退二郎《あまざわたいじろう》
発行者
小田久郎
発行所
株式会社思潮社
〒一六二―〇八四二　東京都新宿区市谷砂土原町三―十五
電話〇三（三二六七）八一五三（営業）・八一四一（編集）
FAX〇三（三二六七）八一四二
印刷所
三報社印刷株式会社
製本所
誠製本株式会社
発行日
二〇一一年六月十五日